Vente à Joign

COLLECTION

DE

M. M. LERICHE

TABLEAUX ANCIENS

ET

MODERNES

Objets d'Art et d'Ameublement

DU XVIIIᵉ SIÈCLE

Mᵉ Tʜ. DEFFAUX | M. Arтʜur BLOCHE
COMMISSAIRE-PRISEUR | EXPERT près LA COUR D'APPEL
A JOIGNY | A PARIS

IMPRIMERIE
C. CHAUFOUR
8-10, RUE MILTON
PARIS

CATALOGUE

DES

TABLEAUX ANCIENS

PASTELS, GOUACHES, DESSINS, AQUARELLES, MINIATURES

Gravures en Noir et en Couleur

PRINCIPALEMENT

DE L'ÉCOLE FRANÇAISE DU XVIIIME SIÈCLE

TABLEAUX MODERNES

Objets d'Art et d'Ameublement

MARBRES, PORCELAINES, FAÏENCES, BRONZES

BELLES PENDULES DU TEMPS DE LOUIS XVI

OBJETS DE VITRINE, VIOLON, LIVRES A BELLES RELIURES

TRÈS BEAU SALON EN TAPISSERIE D'AUBUSSON

DE L'ÉPOQUE LOUIS XVI

Deux Consoles d'après les dessins de **DELAFOSSE**

Intéressant Bureau ayant appartenu à LANCRET

MEUBLES ANCIENS

Formant la Collection de MM. LERICHE

ET DONT LA VENTE AURA LIEU

à JOIGNY (Yonne) 31bis, Boulevard du Nord

Les Dimanche 29, Lundi 30 et Mardi 31 Mai 1910

A DEUX HEURES

M^e Th. DEFFAUX		M. Arthur BLOCHE
COMMISSAIRE-PRISEUR		EXPERT PRÈS LA COUR D'APPEL
26, Rue d'Étape, a Joigny		21, Boulevard Haussman, à Paris

CHEZ LESQUELS SE TROUVENT LES CATALOGUES ILLUSTRÉS ET NON ILLUSTRÉS

EXPOSITIONS

PARTICULIÈRE		**PUBLIQUE**
Le Mercredi 25 Mai 1910		*Le Samedi 28 Mai 1910*
EN L'HOTEL DE M. M. LERICHE		31 bis, Boulevard du Nord
26, Quai de Paris		Le matin de 9 heures ½ à 11 h. ½
de 1 heure ½ à 5 heures ½		Le soir de 1 heure ½ à 5 heures ½

John S. de Rice

CONDITIONS DE LA VENTE

La vente aura lieu au comptant.

Les acquéreurs paieront dix pour cent en sus des enchères.

L'exposition mettant le public à même de se rendre compte de l'état et de la nature des objets, il ne sera admis aucune réclamation une fois l'adjudication prononcée.

ORDRE DES VACATIONS :

Dimanche 29 mai, à 2 heures

Livres.

Gouaches, Dessins, Aquarelles.

Tableaux, Pastels anciens.

Sculptures.

Bronzes.

Lundi 30 mai, à 2 heures

Porcelaines. Faiences.

Miniatures, Objets de vitrine.

Mobilier, Salon en tapisserie.

Mardi 31 mai, à 2 heures

Gravures.

Tableaux modernes.

Costumes, Tapisseries, Objets divers.

A partir du 25 Mai, M. Arthur BLOCHE, Expert, sera à la disposition des Amateurs pour tous renseignements à Joigny, Hôtel de la Poste, Avenue de la Gare.

DÉSIGNATION

TABLEAUX — PASTELS ANCIENS

BEAUBRUN (Attribué à)

1 — *Portrait d'un gentilhomme.*

Revêtu d'une belle armure damasquinée d'or. Regardant vers la droite
coiffé d'une grande perruque brune.

Cadre ancien en bois sculpté et doré.

Toile ovale. Larg.: 0ᵐ50. Haut.: 0ᵐ66.

BEAUBRUN (Attribué à)

2 — *Portrait d'un gentilhomme.*

Tourné vers la gauche, en habit brun avec grande cravate de dentelle
tombant sur le gilet. La main droite appuyée sur un livre.

Toile. Larg.: 0ᵐ74. Haut.: 0ᵐ90.

BOILLY (Attribué à)

3 — *Portrait de femme.*

Elle est assise, tournée vers la gauche, regarde presque de face, en robe
bleue avec guimpe blanche, collerette ruchée et brodée. Coiffée d'un
curieux et élégant bonnet de lingerie orné d'une branche de lilas blanc
Elle tient son mouchoir à la main.

Tableau intéressant comme facture et comme souvenir de costume.

Toile. Larg. 0ᵐ46. Haut.: 0ᵐ41.

BOUCHER (Attribué à FRANÇOIS)

4 — *La Femme à l'éventail.*

Elle est assise, tournée presque de face, en robe bleue très ample, corsage décolleté, manches courtes, une ruche blanche autour du cou, tenant son éventail fermé de la main droite, la tête légèrement inclinée.
Très agréable pastel.

Larg.: 0m29. Haut. 0m39.

CHARDIN

5 — *Portrait du maître.*

Tout l'esprit du peintre se reflète dans sa physionomie, esquissant un sourire des plus fins. A travers son lorgnon percent ses yeux pénétrants. Il regarde de face. Il est en habit brun, son jabot agrémente son gilet bleu.
Pastel d'une admirable facture.

Larg.: 0m36. Haut.: 0m44.

CHARDIN (Ecole de)

6 — *Perdrix et pipe.*

Bois. Larg.: 0m26. Haut.: 0m29.

COUSIN (Attribué à JEHAN)

7 — *Portrait de jeune Dame de qualité.*

Toute de noir habillée à corsage ouvert en carré bordé d'une guimpe et d'un liseré d'or, ses blonds cheveux ondulés sont enveloppés dans une coiffe en pointe. Elle regarde avec attention un gobelet d'orfèvrerie et son couvercle qu'elle tient délicatement dans ses jolies mains.
Dans un cadre en bois noir relevé d'or par partie avec fronton, d'aspect architectural style du XVIe siècle. Au revers on lit: Jehan Cousin.

Bois. Larg.: 0m29. Haut.: 0m45.

DE TROY (Ecole de)

8 — *Jeux innocents.*

Charmante composition de quatorze personnages : Jeunes filles, jeunes seigneurs et enfants s'amusant dans la galerie d'un palais.
Dessus de porte ou trumeau.

Toile. Larg.: 0m98. Haut.: 0m90.

3

15

DOLCI (Attribué à CARLE)

9 — *Vierge en prière.*

Cadre bois sculpté ancien.

Toile ovale. Larg. : 0ᵐ44. Haut. : 0ᵐ54.

FLEURY

10 — *Portrait de Mme Carmouche, née Jenny Verpré.*

Représentée assise dans un rôle de jeune paysanne devant son rouet, en robe rouge rayée noir avec tablier blanc, fichu de soie blanche à fleurs cachant en partie sa gorge. Coiffée d'un coquet bonnet. Regarde presque de face.

Toile. Larg. : 0ᵐ87. Haut. : 1ᵐ10.

GÉRARD (Baron)

11 — *Portrait présumé d'une cantatrice.*

Elle est assise, tenant sur ses genoux un livre de musique qu'elle feuillette. Le Visage tourné de face. En robe de satin blanc, corsage décolleté, retenu par de simples épaulettes.
Expression des plus douces et des plus agreables. Belle facture.

Toile. Larg. : 0ᵐ87. Haut. : 1ᵐ10.

GIORDANO (Genre de)

12 — *Faune, bacchante et enfant.*

Bois. Larg. : 0ᵐ30. Haut. : 0ᵐ18.

JOUVENET

13 — *Le Retour de Jephté.*

Importante composition de nombreuses figures, d'une tonalité claire et harmonieuse.
Cadre en bois sculpté et doré.

Toile. Larg.: 1ᵐ50. Haut.: 1ᵐ20.

LACROIX

14 — *Le Pêcheur et la Lavandière.*

> Tous deux causent au premier plan au bord d'une rivière près d'un portique en ruines qui a pour assise des murs surmontés de vases décoratifs. Fond de paysage très clair.
>
> Toile. Larg. : 0ᵐ81. Haut. : 0ᵐ65.

LANCRET

15 — *Portrait de Pierre Mangot, seigneur d'Orgères, de Dréville et d'Arçay, conseiller au Grand Conseil.*

> Représenté presque à mi-corps, habillé en marron foncé avec jabot et cravate de linge, coiffé d'une toque haute en velours noir, regarde presque de face. En haut à droite ses armoiries.
>
> Au revers on lit le nom et les titres du personnage et *peint par Nicolas Lancret.*
>
> Effet puissant de clair-obscur, œuvre des plus intéressantes que le maître dût peindre pendant un de ses nombreux séjours au château de Lordereau, commune de Malicorne, où les seigneurs d'Orgères résidaient ordinairement et recevaient beaucoup les artistes célèbres du temps.
>
> Cadre ancien en bois sculpté et doré.
>
> Toile. Larg. : 0ᵐ48. Haut. : 0ᵐ57.

LARGILLIÈRE

16 — *Portrait présumé de la fille du Maître.*

> Habillée d'une robe à corsage ouvert en velours bleu, brodé d'or avec touffe de dentelle dissimulant discrètement la naissance de la gorge, un manteau de velours rouge est négligemment jeté sur ses épaules. Sa chevelure blonde à frisures et longues boucles. Belle facture.
>
> Cadre bois sculpté et doré ancien.
>
> Toile ovale. Larg. : 0ᵐ35. Haut. : 0ᵐ65.

LEBRUN (Attribué à)

17-18 — *Samson et Dalila.*

> Deux scènes allégoriques.
>
> Toile. Larg. : 0ᵐ58. Haut. : 0ᵐ47.

LESUEUR

19 — Le Jugement de Salomon.

Composition de seize personnages.

Toile. Larg. 0m95. Haut. 0m71.

MIGNARD (PIERRE)

20 — Portrait de la duchesse de La Rochefoucauld.

Elle est assise, regardant de face, en costume de cour : robe de satin blanc à corsage résillé d'or et de pierreries, légèrement ouvert sur la gorge. Elle s'appuie le bras droit sur une console, et de sa jolie main retient gracieusement les plis de sa robe. Dans la main gauche elle tient une couronne de fleurs. Un superbe manteau de cour en brocart bleu broché d'or et bordé de fourrure couvre en partie sa robe. Sa chevelure noire est retenue par des rubans de soie rouge.

Ce portrait d'une rare distinction, est admirable par le dessin, les tons de chair et du costume.

Cadre ancien en bois sculpté et doré.

Toile. Larg. : 0m90. Haut. : 1m15.

POURBUS (FRANÇOIS)

21 — Portrait de gentilhomme.

Regardant presque de face, en pourpoint de velours brun foncé et ciselé, avec collerette garnie de dentelles. Barbe en pointe, cheveux blancs Signé à droite et daté 1602.

Toile. Larg. : 0m57. Haut. : 0m72.

PRUDHON (École de)

22 — La Fuite.

Esquisse.

Toile. Larg. : 0m23. Haut. : 0m17.

PRUDHON (École de)

23 — Le Sacrifice.

Petite grisaille.

Toile ronde. Diam. : 0m17.

SAINT-AUBIN (Augustin de)

24 — *Au moins soyez discret.*

> Dans cette petite œuvre exquise de finesse et d'esprit, la jeune femme est en élégante robe de soie blanche à manches courtes, fichu de mousseline bordant le corsage à basques en soie bleu, bordé d'une ruche rose et discrètement décolleté, laissant cependant entrevoir le sein gauche. Son coquet bonnet blanc est enrubanné de bleu. Sur une console à droite, un vase de fleurs.
> L'expression, le modelé du visage ajoutent à la grâce du sujet.
> On lit sur le bandeau de la console la signature *A. de St-Aubin.*
>
> Ovale. Larg. : 0^m20. Haut. : 0^m26.

SAINT-AUBiN (Augustin de)

25 — *Comptez sur mes serments.*

> Le jeune amoureux comme dans la gravure qui l'a popularisé, envoie un baiser par un geste des plus gracieux. Il est habillé en violet clair avec un gilet paille, une cravate blanche négligemment nouée, une rose au gilet.
> Sur la façade d'un coffre à gauche on lit *A. de St-Aubin.*
> Pendant du précédent.
>
> Ovale. Larg. : 0^m20. Haut. : 0^m26.

TÉNIERS (D'après)

26 — *Le Mandoliniste.*

Bois. Larg. : 0^m13. Haut. : 0^m16.

TRINQUESSE

27 — *Portrait de grande Dame.*

> En costume de cour, grand manteau rouge brodé sur robe de brocat blanc, tenant une fleur à la main.
>
> Toile. Larg. : 0^m74. Haut. : 0^m90.

WOUWERMANS (D'après)

28 — *La Halte.*

> Petit tableau.
>
> Bois. Larg. : 0⁻25. Haut. : 0^m17.

5

(BN)

24

25

ÉCOLE ANCIENNE

29 — *Portrait d'homme.*

    Miniature. En costume bleu avec jabot de dentelle,

ECOLE ANCIENNE

3o — *La Consolation.*

                          Bois. Larg.: 0^m4^s. Haut. : 0^m38.

ECOLE ANCIENNE

31 — *Amours dans les nues.*

    Toile pour plafond (incomplet).

ECOLE ANCIENNE

32 — *Jeune dame de qualité.*

    Tenant un fuseau d'une main, une quenouille de l'autre.

                      Toile. Larg. : 0^m62. Haut. : 0^m8o.

ECOLE FLAMANDE

33 — *La petite Vachère.*

                      Bois. Larg. : 0^u28. Haut. : 0^m22.

ECOLE FRANÇAISE

34 — *Portrait de Marie-Louise de Peguhhan.*

    Abbesse de Saint-Louis-d'Orléans nommée par le roi en 1781.
    Inscription à droite.

                    Toile. Larg.: 0^u49. Haut. : 0^u59.

ECOLE FRANÇAISE

35 — *Vénus et Pâris.*

                    Pastel. Larg. : 0 ... Haut. : 0^u32.

ECOLE FRANÇAISE

36 — *Portrait de femme.*

En robe bleu, corsage décolleté, coiffure à la poudre avec perles et fleurs.

Pastel. Larg. : o^m35. Haut. : o^m47.

ÉCOLE FRANÇAISE
(XVIIIe SIÈCLE)

37 — *Portrait de dame de qualité.*

En abbesse.
Pastel.

Larg.: o^m42. Haut.: o^m60.

ÉCOLE FRANÇAISE
(XVIIIe SIÈCLE)

38 — *La Pensive.*

Une jeune fille aux longs cheveux bouclés avec roses, rubans,et perles, est étendue sur son lit.
Peinture ovale.

Larg.: o^m17. Haut.: o^m21.

ÉCOLE FRANÇAISE
(XVIIIe SIÈCLE)

39 — *Le Colin-Maillard.*

Gracieuse composition de six personnages dans un parc.
Dessus de porte.

Larg.: 1^m20. Haut.: o^m85.

ÉCOLE FRANÇAISE
(XVIIIe SIÈCLE)

40 — *Les Divertissements champêtres.*

A droite un jeune galant enlève une jeune femme dans ses bras, a gauche deux jeunes gens s'exercent au tir à l'arc et, dispersés en divers groupes, des galantins et des élégantes qui causent.
Dessus de porte.

Toile. Larg.: 1^m20. Haut.: o^m40.

ÉCOLE FRANÇAISE
(XVIIIe SIÈCLE)

41 — *La Partie de musique.*

A l'ombre de grands arbres, deux musiciens et une jeune fille jouant de la guitare et de la flûte pour charmer une jeune femme assise; une petite fille à droite avec une corbeille de fleurs.

Dessus de porte.

Toile. Larg.: 0m85. Haut.! 0ʳ90.

ÉCOLE DU XVIIIe SIÈCLE

42 — *Portrait de Madame Sara Johanna Hoornbeer.*

Elle est représentée de face, en robe de velours bleu décolletée, avec manteau rose drapé sur ses épaules, cheveux à la poudre.

Daté 1720.

Au verso une inscription et les armoiries de la famille.

Toile. Larg.: 0m68. Haut.: 0m72.

ÉCOLE ITALIENNE

43 — *La Musique.*

Symbolisée par une jeune femme assise pinçant de la harpe.

Toile. Larg. 1m50. Haut.: 1m.

ÉCOLE ITALIENNE
(XVIIe SIÈCLE)

44 — *Piéta.*

Peinture sur cuivre.

Long.: 0m16. Haut.: 0m20.

ECOLE ITALIENNE
45 — *Tête de femme.*

Peinture sur carton.

Diam. : 0m12.

ECOLE ITALIENNE

46-47 — *Tableaux anciens non catalogués.*

TABLEAUX MODERNES

BELLANGÉ

48 — *Portrait de jeune garçon.*

Signé du monogramme.

Carton. Larg. : 0m32. Haut. : 0m43.

BIARD

49 — *Intérieur d'un transatlantique.*

Signé à droite.

Toile. Larg. : 0m64. Haut. : 0m54.

BIARD

50 — *Scène d'intérieur.*

Signé à gauche.

Toile. Larg. : 0m45. Haut. : 0m36

CONSTABLE (Attribué à)

51 — *Paysage montagneux.*

Animé de figures.

Toile. Larg. : 0m74. Haut. : 0m43.

COURBET (GUSTAVE)

52 — *Tête de jeune paysan.*

Esquisse.

Toile. Larg. : 0m28. Haut. : 0m40.

DAVINIÈRE

53 — *Paysage arrosé par une rivière.*

Toile. Larg. : o^m64. Haut. : o^m35.

DUSMARESQ (Armand)

54 — *Le Souffleur de mou.*

Belle esquisse provenant de la vente après décès de l'artiste.

Toile. Larg. : o^m37. Haut. : o^m42.

DUVIEUX

55 — *Bords d'un grand canal.*

Au premier plan un paysage avec bouquet d'arbres, sur l'eau, des bateaux de toutes formes.
Bois. Signé à gauche d'un monogramme.
Ce tableau fut longtemps attribué à Daubigny.

Larg. : o^m35. Haut. : o^m22.

GÉROME

56 — *Homme nu.*

Étude sur papier collé sur toile.

Toile. Larg. : o^m37. Haut. : o^m47.

HARPIGNIES (Genre de)

57 — *Intérieur de forêt.*

Bois. Larg. : o^m16. Haut. : o^m19.

JACQUE (Charles)

58 — *La Rentrée du troupeau.*

Effet de crépuscule.

Bois. Larg.: o^m43. Haut. : o^m24.

JACQUE (Attribué à)

5₉ — *Porcs à l'étable.*

Bois. Larg.: 0m34. Haut. : 0m17.

LENOBLE

60 — *Vapeur en feu.*
Signé à droite.

Toile. Larg.: 1m25. Haut. : 0m80.

LE PIC

61 — *Marine.*

Toile. Larg.: 1m30. Haut. : 1 m.

MONTICELLI (?)

62 — *Charles IX et ses courtisans.*
Petit tableau.

Toile. Larg.: 0m26. Haut. : 0m21.

ROUBY

63 — *Fleurs : Marguerites, violettes et giroflées.*
Signé.

Larg.: 0m35. Haut.: 0m50

ROUSSEAU (Genre de Th.)

64 — *Intérieur de forêt.*

Bois. Larg. : 0m17. Haut. : 0m13.

VEYRASSAT ?

65 — *Chevaux au vert.*

Etude. Bois. Larg. : 0m22. Haut.: 0m17.

ÉCOLE MODERNE

66 — *Paysage. Temps d'orage.*

Larg.: o^m70. Haut.: o^m40.

ÉCOLE MODERNE

67 — *Effet d'orage. Paysage.*

Bois. Larg.: o^m25. Haut.: o^m14.

ÉCOLE MODERNE

68 — *Retour de vendanges.*

Faunes, nymphes et enfants.

Toile. Larg. : o^m75. Haut. : 1 m.

ÉCOLE MODERNE

69 — *Chevaux à l'écurie.*

Toile. Larg. : o^m44. Haut. : o^m37.

GOUACHES, DESSINS, AQUARELLES

BONINGTON

70 — *Rue de ville en Italie.*
  Aquarelle.

CHARLET

71 — *La Veuve et l'Orpheline au pied de la potence.*
  Dessin.

ROQUEPLAN

72 — *Trois scènes d'intérieur.*
  Dessin.

VERNET (HORACE)

73 — *Fête maritime.*
  Dessin.
  Six pièces dans un même cadre.
  Ensemble : Larg.: 0m28. Haut.: 0m5o.

BONNINGTON

74 — *Promenade dans un parc.*
  Sépia.
  Larg.: 0m24. Haut.: 0m15.

BOREL

75 — *La Danseuse.*
  Gouache sur soie, fond de parchemin.
  Larg.: 0m22. Haut.: 0m28.

BROWN (John-Lévis)

7⁶ — *Scène de course.*

Dessin rehaussé d'aquarelle, signé.

Larg.: 0^m20. Haut.: 0^m12.

CHARLET (Genre de)

77 — *Napoléon Ier à cheval.*

Dessin à la plume.

Larg.: 0m20. Haut.: 0m26.

CHATEAU

7⁸ — *Portrait de Madame Lœticia.*

Gouache, signée et datée 1812.

Larg.: 0^m15. Haut.: 0^m19.

DAVID

79 — *Portrait du Maître.*

Figure énergique et spirituelle, regardant de face, avec gilet ouvert d'où émergent jabots et cravate. Manteau à pèlerine.
Très beau dessin aux trois couleurs.

Larg.: 0m30. Haut.: 0m54.

DAVID

80 — *Etude de têtes.*

Dessin.

Larg.: 0m35. Haut.: 0m18.

FILOSA

81 — *Le vieux Joueur de contrebasse.*

Aquarelle, signée.

Larg.: 0^m32. Haut.: 0^m45.

GAVARNI

82 — « *Je consens à te prendre à mon service crapaud ! Mais souviens-toi de deux choses: d'abord que tu l'appelles John et ensuite que tu dois toujours avoir de bonnes manières, si tu n'as pas un genre comme il faut, je te chasse, sors maroufle..... ».*

Dessin rehausse.

Larg.: 0ᵐ19. Haut.: 0ᵐ22.

HUET (J.-B.)

83 — *L'Éducation de Toutou.*

La jeune bergère tenant une colombe est assise au pied d'un bouquet d'arbres. Elle dresse son chien debout devant elle à faire l'exercice avec un bâton. Ses moutons, sa chèvre, se reposent autour d'elle.
Jolie gouache.

Larg.: 0ᵐ17. Haut.: 0ᵐ20.

HUET (J.-B.)

84 — *Le Mouton caressant.*

Le jeune berger assis au bord d'un chemin tenant sa flûte dans la main droite, regarde tendrement un de ses moutons qui grimpe sur ses genoux. Son chien et son troupeau sont dispersés autour de lui.
Jolie gouache. Pendant de la précédente.

Larg.: 0ᵐ17. Haut.: 0ᵐ20.

HUET (J.-B.)

85-86 — *Scènes pastorales.*

Berger et bergère se reposant au milieu de leurs troupeaux.
Deux dessins rehaussés, forme ovale.

Larg.: 0ᵐ32. Haut.: 0ᵐ24.

83

4

84

LAMI (Genre d'Eugène)

87 — *Le Colin-Maillard.*

Aquarelle ovale.

Larg. : 0ᵐ27. Haut. : 0ᵐ21.

PERRASSINI

88 — *Nymphes et Amour.*

Aquarelle signée.

Larg. : 0m22. Haut. : 0ᵐ29.

PIGAL

89 — *La Carte à payer.*

90 — *Restera, Restera pas.*

Deux aquarelles.

Larg. : 0ᵐ19. Haut. : 0ᵐ24.

PRUD'HON

91 — *La Méditation.*

Sous les traits d'une jeune femme en robe de gaze avec écharpe flottante
assise sur un banc, regardant de face.
Beau dessin ovale.

Larg. : 0ᵐ35. Haut. : 0ᵐ46.

SOMM

92 — *Portrait de jeune femme.*

Aquarelle signée.

Larg. : . Haut. :

VERNET (Carle)

93 — *Cheval caparaçonné à l'attache.*

Dessin.

Larg. : 0ᵐ35. Haut. : 0ᵐ28

ECOLE FRANÇAISE

94 — *Tête d'homme.*

Représentée de prfiol.
Dessin rehaussé.

Diamètre : 0^m16.

ECOLE DU XVIIIe SIÈCLE

95 — *Le Jeune Seigneur.*

Debout, regardant vers la gauche, en habit blanc, gilet et culotte
rouge, le tricorne sous le bras.
Petit dessin ovale rehaussé.
Cadre bois doré à nœud de ruban.

Larg. : 0^m08. Haut. : 0^m11.

96 — Dessins divers.

GRAVURES

BAUDOUIN (D'après)

97 — *Le Coucher de la mariée.*
   Gravure en noir par MOREAU-LE-JEUNE.
   Larg. : 0ᵐ33. Haut. : 0ᵐ46.

BAUDOUIN (P.-A.) (D'après)

98 — *Le Poète Anacréon.*

99 — *La Gayeté de Silène*
   Deux gravures en noir par DELAUNAY.

BAUDOUIN (D'après)

100 — *L'Indiscret.*
   Gravure en noir.
   Larg.: 0ᵐ26. Haut. : 0ᵐ35.

BAUDOUIN (D'après)

101 — *Le Lever.*
   Gravure en noir par MASSARD.
   Larg. : 0ᵐ30. Haut. : 0ᵐ40.

BOILLY (D'après)

102 — *Ça a été.*
   Gravure en noir avant la lettre.

BOREL (D'après)

103 — *La Faute est faite, permettez qu'il la répare.*

104 — *Vous avez la clef..., mais il a trouvé la serrure.*

Deux gravures en noir par ANSELIN.

BOUCHER (D'après FRANÇOIS)

105 — *La Mère pudique.*

Gravure en noir avant la lettre.

CHARLIER (D'après)

106 — *Femme presque nue endormie près d'un buisson de roses.*

Petite gravure ovale en couleur, par JANINET.
Cadre bois noir et or.

Larg. : 0m12. Haut.: 0m10.

COCHIN (D'après)

107 — *Desault.*

Gravure ovale en noir.

Larg.: 0m18. Haut. : 0m23.

COUSIN (D'après JEAN)

108 — *Le Jugement dernier.*

Gravure en noir.

Larg.: 1m20. Haut.: 1m50.

DEBUCOURT (D'après)

109 — *Le Menuet de la mariée.*

Gravure rehaussée.

DE MACHY (D'après)

110-111 — *Environs de Rome.*

Ruines et monuments animés de personnages et d'animaux.
Deux gravures rondes en couleur par DESCOURTIS.

Diamètre : 0m24.

DE TROY (D'après)

112 — *Toilette pour le Bal.*

Gravure en noir par BEAUVARLET.

DROLLING (D'après)

113 — *Le Concert dans le parc.*

Gravure en noir.

Larg.: 0m44. Haut.: 0m36.

DROLLING (D'après)

114 — *Le Vieillard.*

Gravure en couleur.

Long.: 0m17. Haut.: 0m20.

FRAGONARD (D'après)

115 — *Les Jets d'eau.*

116 — *Les Pétards.*

Deux gravures à la sanguine par AUVRAY.

FRAGONARD (D'après HONORÉ)

117 — *La Cachette découverte.*

Gravure en noir par DELAUNAY.

FRAGONARD (D'après Honoré)

118 — *Scène allégorique.*

Projet de tapisserie.
Gravure en noir.

Larg. o˙85. Haut.: o˙60.

FRAGONARD (D'après)

119 — *La Mère de famille.*

Gravure en noir.

Larg.: o˙55. Haut.: o˙47.

GAINSBOROUGH

120 — *Miss Lindley.*

Représentée de face à mi-corps, son visage, son regard expriment une ineffable douceur. Sa longue chevelure noire flotte au vent avec un ruban bleu qui la retient. Son corsage à chemisette blanche ouvert laisse voir sa gorge.
Superbe gravure en couleur.

Larg.: o˙45. Haut.: o˙55.

GAVARNI (D'après)

121 — *Ne lui parlez pas des artistes.*

122 — *Ne lui parlez pas des bourgeois.*

Deux pièces en couleur.

Larg.: o˙27. Haut.: o˙37.

GROS (D'après le Baron)

123 — *Bonaparte.*

Gravure en noir par DICKINSON.

Larg.: o˙47. Haut.: o˙72.

120

16

Phototypie Berthaud

GRENIER (D'après)

124 — *L'Enfant retrouvé.*

> Lithographie en noir.

> Larg.: 0m50. Haut.: 0m40.

HUET (D'après J.-B.)

125 — *La Chasse au papillon.*

> Gravure en couleur par DEMARTEAU.

> Larg.: 0m:8. Haut.: 0m24.

JEAURAT (D'après)

126 — *Le Carnaval des rues de Paris.*

> Gravure en noir par LE VASSEUR.

> Larg.: 0m51. Haut.: 0m44.

LAVRENCE (D'après)

127 — *Die Bihrsninter.*

> Gravure en noir.

> Larg.: 0m42. Haut.: 0m48.

LAVRINCE (D'après)

128 — *Les Nymphes scrupuleuses.*

> Gravure en noir par VIDAL.

> Larg.: 0-34. Haut.: 0m45.

LAVREINCE (D'après)

129 — *Nature.*

> Gravure en noir par CORNILLIET.

> Larg.: 0m26. Haut.: 0m36.

LEBRUN (D'après)

130 — *Scènes des batailles d'Alexandre.*

Deux gravures en noir.

Larg.: o^m28. Haut.: o^m16.

LE GUERCHIN (D'après)

131-132 — *Jeux d'enfants.*

Deux gravures à la sanguine par LUCIEN.

Larg.: o^m45. Haut.: o^m36.

LE PRINCE (D'après J.-B.)

133 — *La Crainte.*

Gravure en noir par N. LE MIRE.

LE PRINCE (D'après)

134 — *Les Modèles.*

Gravure en noir par J. DE LONGUEIL.

Larg.: o^m68. Haut.: o^m53.

LINDER (D'après)

135 — *Premier pas.*

Gravure en noir par COTTIN.

Larg.: o^m55. Haut.: o^m72.

METZU (D'après G.)

136 — *Le Marché aux herbes d'Amsterdam.*

Gravure en noir par DAVID.

Larg.: o^m45. Haut.: o^m58.

MOREAU (D'après P.-L.)

137 — *Le Festin royal.*

Gravure en noir par J.-M. Moreau Le Jeune.

Larg.: 0m5o. Haut.: 0m68.

NORTHCOTE (D'après J.)

138 — *Visite à la grand'mère.*

Gravure en noir, chairs au ton naturel, par J.-R. Smith Mizzotinto.

Larg.: 0m40. Haut.: 0m54.

PIERRE (D'après)

139 — *Les Serments du berger.*

Gravure en noir par L. Lempereur.

Larg.: 0m49. Haut.: 0m42.

QUEVERDO

140 — *Le Lever de la mariée.*

Gravure en noir.

Larg.: 0m25. Haut.: 0m34.

QUEVERDO

141 — *Voltaire.*

Gravure en noir.

Larg.: 0m18. Haut.: 0m20.

RIGAUD (D'après Hyacinthe)

142 — *Nicolas Boileau Despréaux.*

Gravure en noir par Drevet.

SAINT-AUBIN (D'après AUGUSTIN DE)

143 — *La Savoneuse.*

> Gravure en couleur par JULIEN et MORET.
>
> Larg.: 0^m17. Haut.: 0^m25.

SCHALL (D'après)

144 — *La Lanterne magique d'amour.*

> Gravure en couleur par ALIX.
>
> Larg.: 0^m38. Haut.: 0^m33.

SCHALL (D'après)

145 — *La Comparaison.*

> Gravure en noir par BOUILLAND, terminé par DUPRET.
> Cadre ancien bois sculpté.
>
> Larg.: 0^m50. Haut.: 0^m40.

SCHALL (D'après)

146 — *La Conviction.*

147 — *La Défaite.*

> Deux gravures en noir par MARCHAND.
>
> Larg.: 0^m30. Haut.: 0^m42.

SCORODOOM (D'après)

148 — *La Partie de cartes.*

> Petite gravure ronde à la sanguine.
>
> Diamètre 0^m15.

SERGENT

149 — *La Fille mal gardée.*

> Gravure en couleur.
>
> Larg. : 0^m25. Haut. : 0^m30.

TÉNIERS (D'après David)

150 — *Première et Deuxième Fête flamande.*

> Deux gravures en noir de Le Bas.

> Larg. : 0^m79. Haut. : 0^m59.

TOCQUÉ (D'après)

151 — *Louis dauphin de France.*

> Gravure en noir par De Larmessin.

> Larg. : 0^m42. Haut. 0^m58.

VAN LOO (D'après)

152 — *Marie-Joseph de Saxe, dauphine de France.*

> Gravure en noir par De Larmessin.

> Larg. : 0^m40. Haut. : 0^m57.

WAUTAL (D'après)

153 — *Le Vieux cordonnier.*

> Lithographie en noir par Petit.

> Larg : 0^m19. Haut. : 0^m28.

WEISZ (D'après

154 — *La Première dent.*

> Gravure en noir par Cottin.

> Larg. : 0^m55 Haut. 0^m72.

ECOLE ANGLAISE

155 — *Les Joies familiales.*

> Gravure en noir.

> Larg. : 0^m46. Haut. 0^m60.

ECOLE FRANÇAISE

15(i — *Le Repas du politique.*

Pièce en couleur.

Larg. : o 24. Haut. : o 41

ECOLE FRANÇAISE DU XVIIIe SIÈCLE

157 — *Le Badinage.*

Gracieuse composition : Un jeune galant pénétrant dans le boudoir surprend une jeune femme en chemise qui se regarde dans un miroir et la lutine d'un bouquet de fleurs attaché au bout de sa canne.
Gravure en couleur.

Larg. : o 37. Haut. : o 28.

ECOLE DU XVIIIe SIÈCLE

158 — *Jeune femme et son chien.*

Gravure en noir.

Larg. : o 21. Haut : o 25

ECOLE DU XVIIIe SIÈCLE

15₍ — *La Servante commode.*

Gravure en noir.

1(io — Deux lithographies : *Arrestation de la duchesse de Berry et arrivée de la duchesse de Berry à la citadelle de Blaye.*

Larg. : o 33. Haut : o 29.

161 à 168 — Gravures diverses non cataloguées.

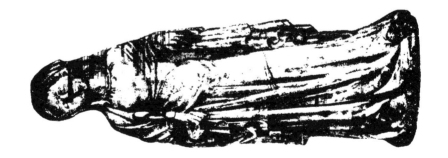

SCULPTURES

169 — MARBRE BLANC. La Vierge debout tenant les Saints Évangiles de la main droite, de la main gauche soutenant les plis de son long voile, est habillée d'une robe amplement drapée, tombant en plis droits avec tunique ouverte à la hauteur de la gorge, la tête légèrement inclinée vers la droite. Œuvre remarquable, d'un grand sentiment, attribué à la fin du xvᵉ siècle.

Haut : 0ᵐ78.

170 — MARBRE BLANC. Buste représentant la **Reine Marie-Antoinette** en costume de Cour : corsage décolleté et drapé, coiffure haute ornée de fleurs. Portant suspendu à un ruban à son corsage un médaillon à l'effigie du Roi. Signé : DAVID.

171 — BOIS. Rosace de plafond sculpté. Style xviiiᵉ siècle.

172 — BOIS. Statue de saint Michel décorée de peinture (incomplète).

173 — BOIS. Grand panneau offrant en bas-relief le Père Eternel au milieu d'ornements et encadré. Louis XIII.

174 — BOIS. *Saint Crépin*. Représenté debout devant son établi, costume peint en rouge. xvᵉ siècle.

175-176 — TERRE CUITE. Deux bustes : *Louis XVII et Madame Royale*. Portant une signature : *Pajou, 1787*

177 — MARBRE. Statuette : *La Vénus Callypige*.

BRONZES

178 — TRÈS BELLE PENDULE forme violon en laque noire, décor d'or à sujets dans le goût chinois. Elle est richement ornée de bronzes ciselés et dorés, de cariatides d'après LEPRINCE, d'encadrements à lauriers, couronnée par une sphère. Pièce remarquable de goût et de conservation. XVIIIe siècle.

179 — BELLE PENDULE en bronze ciselé et doré représentant des amours de chaque côté du mouvement symbolisant l'Astronomie et la Géographie. Sur socle enguirlandé de lauriers, contre-socle en bois noir orné de rosaces en bronze doré. Cadran signé : *Causard horloger du Roy suivant la Cour.* Epoque Louis XVI.

> Cette pendule aurait été offerte par le roi Louis XVI, comme présent de noce, au régisseur du château de Colbert à Seignelay.

180 — PAIRE DE FLAMBEAUX en bronze doré, côtelés et enguirlandés. Epoque Louis XVI.

181 — DEUX COUPES en bronze offrant en bas-relief des compositions d'après BENVENUTO CELLINI.

182 — PRESSE-PAPIER en bronze partie doré, partie patiné : le Petit Pêcheur de crevettes. Socle marbre.

183 — CARTEL en bronze doré à rocailles fleuries. Cadran signé : ROTHÉA et RILLET. Epoque Louis XV. (A été redoré.)

184 — PENDULE forme monument à pilastres en marbre blanc, ornée de bronzes ciselés et dorés, de deux médaillons en biscuit de Wedgwood à sujets romains. Epoque fin Louis XVI.

179

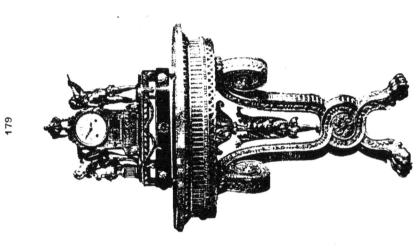

193

178

193

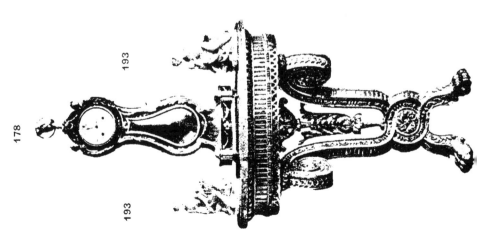

185 — PAIRE DE CHENETS à balustrade et boules en cuivre. Époque Louis XVI.

186 — GARNITURE DE MEUBLE en bronze : six poignées de tiroirs et trois entrées de serrures offrant des singes primpant sur des rocailles, au poinçon de CAFFIÉRI. Époque Louis XV.

187 — STATUETTE en bronze argenté : *La Musique.* Signé : ROBBE.

188 — BOUGEOIR à fleurs et feuillages en bronze doré.

189 — VASE en spath-fluor avec couvercle adhérent, monture bronze doré Louis XVI.

190 — FAISAN en bronze. Signé MOIGNEZ.

191 — CANICHE en bronze. Signé MOIGNEZ.

192 — BUIRE en bronze, anse à tête de faune et statuette du petit Bacchus, coupe en main.

PORCELAINES, FAIENCES

193 — FRANCE. Deux groupes en biscuit : *L'Education de l'Amour* et *Vénus et l'Amour*. XVIIIe siècle d'après FALCONET.

194 — FRANCE. Groupe en biscuit : *Nymphe tenant une lyre sur un rocher*.

195 — FRANCE. Figurine en biscuit : *Terpsychore*.

196 — FRANCE. Buste en biscuit : *La Reine Marie-Antoinette*.

197 — SÈVRES PATE TENDRE. Six assiettes à bouquets de roses, bordures à guirlandes de laurier. Epoque Louis XVI.

198 — INDE. Soupière ovale avec couvercle, décor : paysages fleuris en émaux de couleur et or.

199 — A LA REINE. Pot à pommade, décor à guirlandes de fleurs.

200 — A LA REINE. Saladier, plat rond et plat ovale, décor à gerbes de fleurs et guirlandes, rehaussées d'or. XVIIIe siècle.

201 — PARIS. Compotier, décor à fleurs et guirlandes.

202 — INDES. Assiette, décor à fleurs et guirlandes.

203 — SAXE-MARCOLINI. Figurine : Jeune Galant tenant un bouquet à la main.

204 — ITALIE. Figurine : Cérès, décor polychrome.

205 — ITALIE. Groupe en faïence blanche : Nymphe et Enfant.

206 — ITALIE. Figurine en faïence décor polychrome : L'Hiver.

207 — INDE. Deux corbeilles ovales, décor à treillages fleuris, fonds à bouquets de fleurs, bordures dessin teinté rose et médaillons en camaïeu, ornées de deux anses. xviii° siècle.

208 — LILLE. Trois coupes à bonbons ou à fruits décorées de fleurs au centre, de médaillons, de guirlandes et de pendentifs sur les bords. xviiie siècle.

209 — LILLE. Six assiettes à jolis décors variés. xviiie siècle.

210 — NEVERS. Corbeille à fruits, décor fleurs et feuillages.

211 — NEVERS. Plat rond fond gros bleu décor : Gerbes de fleurs et cigognes en sopra bianco. Époque des Conrad.

212 — STRASBOURG. Soupière ronde avec couvercle, décor à bouquets de roses.

213 — STRASBOURG. Soupière ovale avec couvercle, côtelée, décor à fleurs.

214 — WEDGWOOD. Deux corbeilles décor vannerie.

215 — ROUEN. Saucière décor polychrome à fleurs.

216 — STRASBOURG. Plat rond à bords dentelés, décor à bouquets de fleurs.

217 — ROUEN. Plat octogonal et oblong, décor en bleu à corbeille de fleurs.

218 — NEVERS. Bénitier décor bleu sur blanc.

219 — NEVERS. Grand plat rond décor à sujets chinois en camaïeu bleu (bords fracturés).

220 — LORRAINE. Statuette de Pâris debout avec son chien en blanc.

221 — ROUEN. Cache-pot décor bleu sur blanc.

222 — HOCHST. Groupe de deux figures en faïence : *Le Galant entreprenant*.

223 — TANAGRA. Figurine symbolisant la Peinture.

224 — LORRAINE. Petit groupe en terre : *La Vénus au dauphin*.

MINIATURES — OBJETS DE VITRINE

225 — JOLIE MINIATURE ronde sur ivoire : portrait d'une jeune actrice en uniforme de la Révolution, tenant un verre en main et regardant en souriant. Attribuée à SICARDI.

226 — JOLIE MINIATURE ronde sur ivoire : portrait d'une actrice en mariée de village, avec chapeau original de forme. Ecole française du XVIIIe siècle.

227 –- MINIATURE ronde sur ivoire : portrait de jeune homme en costume de la Révolution. Signée : LAMBERT.

228 — MINIATURE ronde sur ivoire : portrait de jeune femme en robe bleue à fichu blanc, coiffure Ier Empire avec bandeau de ruban. Montée en médaillon à double face.

229 — MINIATURE ovale sur ivoire : portrait de femme à coiffure haute Marie-Antoinette. Montée en broche.

230 — PETITE MINIATURE ovale sur ivoire : portrait de femme avec fleurs au corsage et dans les cheveux. Cadre à nœud de rubans.

231 — PETIT ÉMAIL peint : portrait d'un jeune marquis en costume Louis XV.

232 — PETITE MINIATURE ovale sur ivoire : portrait de jeune femme en robe à corsage ouvert, coiffée d'un coquet bonnet à fleurs.

233 — Miniature ovale sur ivoire : portrait de jeune femme à longue chevelure brune tombant sur les épaules, en robe de soie noire ouverte en cœur. Signée : Cardelle.

234 — Petite gravure en couleur gouachée : Amphitrite sur un dauphin. Attribuée à Charlier.

235 — Miniature ronde sur ivoire : portrait de femme avec robe et coiffure blanche.

236 — Petit médaillon, peinture en grisaille : Arlequin poursuivant un autre personnage. Attribué à Degault.

237 — Miniature ronde sur ivoire : portrait d'homme de la Révolution en habit gris, gilet à carreaux blancs, regardant vers la gauche. Attribuée à Boivin. Cadre bois noir.

238 — Deux petites gravures rondes en couleur l'une représente Apollon retour de la chasse regardant deux nymphes ; l'autre la Peinture.

239 — Miniature ronde : bouquet de roses. Signée Montessuy.

240 — Miniature ronde : *Le Temps défié par les amours*.

241 — Miniature ovale : portrait de jeune femme blonde, coiffée d'un petit toquet à plumes, en robe de mousseline blanche, à ceinture bleue. Ecole 1830.

242 — Miniature ronde : portrait du roi de Rome.

243 — Petite miniature ovale sur ivoire : portrait de dame à coiffure haute avec bonnet enrubanné, robe bleue. xviiie siècle.

244 — TABATIÈRE en écaille avec fixé sur le couvercle représentant *le Chien savant*.

245 — MINIATURE ovale : portrait d'enfant. Signée du monogramme E. F. 1853.

246 — MINIATURE : portrait de jeune femme en corsage décolleté, orné de nœud bleu ciel, coiffée d'un bonnet en dentelle enrubanné. Epoque Louis XVI.

247 — FIXÉ ROND : La Tempête, de *Joseph Vernet*.

248 — BAS-RELIEF EN BISCUIT : Profil de femme 1830.

249 — DEUX PETITS CAMÉS têtes de personnages dans un cadre rectangulaire.

250 — ETUI EN OR de couleur ciselé et guilloché. Epoque Louis XVI.

251 — TABATIÈRE OVALE en argent gravé, décorée de médaillons à attributs champêtres et fleurs. Epoque Louis XVI.

252 — BOITE EN CARTONNAGE forme livre, avec gravure en couleur : Les bonnes d'enfants.

253 -- PETITE BOITE OVALE en émail de Saxe décor : médaillons scènes champêtres sur fond bleu relevé d'or.

254 --- QUATRE BOITES à jetons avec les jetons en ivoire peint à médaillons allégoriques et ornements sur fonds de diverses nuances. XVIIIᵉ siècle.

MOBILIER

255 — TRÈS BEAU MOBILIER DE SALON composé d'un grand canapé et six
fauteuils couverts en ancienne et fine tapisserie d'Aubusson. Le
dossier du canapé représente une buse fondant sur des canards,
des poules et leurs poussins épouvantés, dans un riant paysage. Les
dossiers des fauteuils présentent des groupes d'oiseaux becquetant
ou perchés sur des arbres. Le dessus de siège du canapé offre une
chasse au cerf, ceux des fauteuils, des groupes d'animaux inspirés
des compositions d'OUDRY et de DESPORTES. Fond blanc encadré
d'élégantes draperies roses à franges et cordelières d'or enguirlandées
de roses, le contre-fond bistre. Époque Louis XVI. Bois sculptés et
dorés, bras et pieds cannelés, montants avec panaches, frontons cin-
trés, bandeaux à raies de cœur de style Louis XVI.

Ce mobilier d'une belle ordonnance est d'une tonalité claire des
plus harmonieuses.

255

6-257 — DEUX TRÈS BELLES CONSOLES en bois finement sculpté et doré inspirées des dessins de DELAFOSSE. Les pieds en crosses s'entrelaçant en bas autour d'une rosace fleuronnée offrent sur la face principale des suites de piécettes enfilées, les profils offrent des suites de perles et de clochettes. Du milieu de la rosace centrale émerge un thyrse à grands feuillages enroulés. Le bandeau est à cannelures entre une frise d'oves et un rang de perles entrecoupées de clochettes. Dessus en marbre brèche antique claire. Epoque Louis XVI.

8 — BEAU BUREAU PLAT en bois noir forme rectangulaire avec pieds contournés, bandeau en retrait au centre et tiroirs en ressaut, orné de bronzes ciselés. Les montants offrent des mascarons et des enveloppes feuillagées inspirés des cartons de BÉRAIN, les poignées d'un côté : des mascarons, de l'autre les entrées de serrures à écusson avec des prises attachées à des cornes d'abondance, les profils sont ornés de bas-reliefs, figures allégoriques à l'Astronomie campées sur des consoles à double évolution symétrique et très ornementées. Les sabots à pieds de boucs feuillagés, le bord avec large moulure de cuivre. Epoque Régence.

Ce bureau qui provient du château de Lordereau (Yonne) où le peintre Nicolas Lancret villégiaturait chez M. Mangot d'Orgère faisait partie du mobilier du cabinet de travail réservé au Maître.

259 — Console demi-lune en bois sculpté et doré, décor à guirlandes de fleurs retenues par un nœud de ruban, bandeau à rubans enroulés, pieds cannelés, entre-jambe orné d'un vase de fleurs avec guirlandes tombant de chaque côté. Dessus en marbre épais brèche verte porphyrée, bords à doucine et suivant les contours de la console. Époque Louis XVI.

260 — Petite console d'applique en bois finement sculpté et doré à mascaron et ornements. Époque Régence.

261 — Table-chiffonnière à trois tiroirs en bois d'acajou, montants cannelés, avec tablette d'entrejambe. Dessus en marbre blanc avec galerie de cuivre. Époque Louis XVI.

262 — Table-chiffonnière forme xviiie siècle légèrement cintrée à trois tiroirs, en bois rose et palissandre; dessus en marbre blanc avec galerie de cuivre.

263-264 — Quatre chaises a dossiers forme lyres, en bois sculpté et doré, couvertes en soierie claire. Style Louis XVI.

265 — Fauteuil a dossier surbaissé et cintré, en bois peint en blanc à contours, époque Louis XV, couvert en soierie claire brochée à bouquets de fleurs.

266 — Petit secrétaire en bois rose, palissandre et filets de marqueterie, chutes en bronze; dessus de marbre gris. Époque Louis XVI.

267 — Petite commode en bois rose a deux rangées de tiroirs, ornée de bronzes à rocailles; dessus en marbre rouge veiné. Époque Louis XV.

268 — Petite commode en bois rose et marqueterie avec chutes et poignées en bronze; dessus marbre gris. Époque Louis XVI,

269 — PETITE GLACE avec cadre à fronton en bois sculpté et doré. Époque Louis XIV.

270 — TABLE OVALE ouvrant à un tiroir de côté en bois d'acajou, dessus en marbre blanc avec galerie de cuivre. Époque Louis XVI.

271 — CHAISE en bois sculpté peint en blanc relevé d'or, dessin à rocailles et feuillages, foncée de canne. Époque Louis XV.

272 — GRANDE COMMODE en bois d'acajou garni de moulures de cuivre ; dessus en marbre. Époque Louis XVI.

273 — PETITE CONSOLE d'applique en bois sculpté Louis XIV.

274 — PETITE COMMODE en marqueterie de bois de placage, à deux rangs de tiroirs, ornée de bronzes rocailles. Époque Louis XV.

275 — PETIT BUREAU à cylindre en acajou, avec encadrements à perlé de cuivre ; dessus en marbre. Époque Louis XVI.

276 — TABLE-COIFFEUSE en acajou avec moulures de cuivre. Époque Louis XVI.

277 — GRAND FAUTEUIL A OREILLONS en bois noir, forme XVIIIᵉ siècle, couvert en cuir rouge.

278 — PETIT SECRÉTAIRE en acajou. Époque Louis XVI.

279 — FAUTEUIL-CURULE en chêne sculpté, couvert en velours rouge.

280 — TABLE DE CHEVET carrée en acajou, du Directoire.

281 — GRAND FAUTEUIL Louis XIII, couvert en étoffe moderne à ramages.

282 — GUÉRIDON octogonal en acajou et marqueterie.

283 à 287 — DIVERS BOIS de canapés, de fauteuils et de chaises anciens.

288 — FAUTEUIL à contours en bois peint en noir, époque Louis XV, couvert en velours vert.

289 — CHAISE forme Louis XIII couverte en étoffe fond noir à ramages.

290 — CHAISE chauffeuse en satin rouge capitonnée fond noir à ramages.

291 — PETITE ENCOIGNURE à deux portes et à étagères, Louis XVI.

292 — MEUBLES anciens non catalogués.

COSTUMES, TAPISSERIES

OBJETS DIVERS

293 — Deux panneaux en tapisserie au point et au petit point pour dossiers de fauteuils ou écran, représentant des personnages de l'antiquité encadrés de ramages. Louis XIII.

294 — Trois dessus de sièges en tapisserie au point à fleurs et ramages. Louis XIII.

295 — Petit dessus de table en velours de Gênes, dessin à parterre de fleurs entouré d'un galon.

296 — Habit en faille grise orné de broderies ton sur ton. Epoque Louis XVI.

297 — Gilet en soie blanche brodée. Epoque Louis XVI.

298 — Aumonière en velours rouge brodé en fin aux armes de France. xviiie siècle. Provient de l'Evêché de Sens.

299 — Petit coffret en marqueterie de bois rose à filets verdis.

300 — Petit tableau représentant l'Adoration de l'Enfant-Jésus gouaché et repoussé, entouré de médaillons à figures d'apôtres. Cadre en bois sculpté de Bagard de Nancy.

301 — Petit tableau reliquaire : Tête de Vierge au centre. Cadre ancien bois sculpté et doré.

302 — TABLEAU-RELIQUAIRE offrant au centre une peinture représentant un moine agenouillé devant un ossuaire. Encadrement à fleurs et feuillages en découpages délicats, xviiie siècle. Cadre ancien en bois sculpté et doré.

303 — CAFETIÈRE en étain, bec au dauphin. Époque Premier Empire.

304 — COFFRET en bois avec garniture en fer découpé. xvie siècle.

305 — COFFRET rectangulaire en bois avec plaques en émail de Limoges celle de dessus représente une scène mythologique, celles du pourtour des ornements raphaelesques.

306 — VIOLON portant la signature de NICOLAS AÎNÉ.

307 — ÉVENTAIL du temps de Louis XVI, feuille en soie blanche peinte à scène champêtre, brodée à paillettes, monture ivoire relevé d'or.

308 — COLLECTION de silex montés en panoplie.

309 — SUITE de clés anciennes montées en panoplie.

310 — SUITE d'armes anciennes disposées en panoplie.

LIVRES ANCIENS

311 à 321 — PLUSIEURS OUVRAGES anciens, notamment du XVIIIe siècle,
richement reliés aux armes de France et de différentes familles
nobles, la plupart dorés au petit fer.
Sera divisé.

322 — OBJETS OMIS.

Imprimé en France
FROC021830210120
23239FR00023B/463/P

9 782329 356518